हवलदार बहादुर
और
तस्कर कालिया
चित्रांकन :- बेदी
लेखक :- विनय प्रभाकर
एक दिन–
खबर मिली है कि कल्लन कालिया इस रास्ते से गुजरेगा।
यह कल्लन कालिया कोई बहुत बड़ा नेता है क्या सर?
बेवकूफ, तुम पुलिसवाले होकर कल्लन कालिया को नहीं जानते?
ओ हां! याद आया, कल्लन कालिया हमारे यहां रोज दूध देने आता है।
शटअप! मैं जिस कल्लन कालिया की बात कर रहा हूं, वह अण्डरवर्ल्ड का किंग है। हम उसे गिरफ्तार करने ही यहां आए हैं।
तभी–
एक गाड़ी आ रही है सर।
होशियार हो जाओ।
गाड़ी जैसे ही निकट पहुंची।
वही है!
चर्र चर्र

अगले पल—
धाड़
अबे ओय!
ज़ूं...ऽऽ
धांय
पीछा करो।
धांय
गोली चला कर उसका टायर बर्स्ट कर दूं।
धांय
धांय
धांय
धांय

एक मोड़ पर जैसे ही जीप तेजी से घूमी–
ओय!
साहब! वह हवलदार बहादुर।
चलते रहो, उस मूर्ख के चक्कर में अपराधी हाथ से निकल जाएगा।
ओय... रोको... मैं भी आ रिया हूं।
चले गये। चलो, अच्छा ही हुआ। कहीं मुकाबले में एक-आध गोली लग जाती तो अपना तो काम ही हो जाता।
उधर दोनों दलों में टकराव जारी था।
धांय
धांय
और तेज चलाओ...!
पीं...पीं

जूंSSSSS
और तेज।
धांय
भड़ाम
धाड़!
ओह!
छपाक

वायरलैस पर मैसेज भेजकर कार निकलवाने के लिए सहायता बुलाओ।
हवलदार बहादुर ने अगले दिन अखबार देखा।
अण्डरवर्ल्ड किंग नदी में डूबकर मर गया। पुलिस से बचकर भागते हुए उसकी गाड़ी पुल से नदी में जा गिरी। कल्लन कालिया की लाश नदी से नहीं निकाली जा सकी, जबकि उसके तीन साथियों के शव मिल गये हैं। पुलिस का विचार है कि कल्लन कालिया की लाश पानी के तेज बहाव में कहीं दूर बह गई है।
काश! कल मैं जीप से गिर न गया होता तो आज मेरा नाम भी अखबार में छपता।
तभी उसकी नजर एक विज्ञापन पर पड़ी।
फोटो प्रतियोगिता। शौकिया फोटोग्राफरों के लिए इनामी प्रतियोगिता। सबसे अच्छे फोटो पर दस हजार रुपये का इनाम दिया जाएगा।
फोटो प्रतियोगिता
दस हजार। यह इनाम तो मैं भी जीत सकता हूं।
आजकल चम्पाकली मायके गई है और मैं एक सप्ताह की छुट्टी पर हूं। फोटोग्राफी का शौक पूरा करने का इससे बढ़िया अवसर कहां मिलेगा।

यह रहा मेरा प्यारा कैमरा...।
कैमरे में फिल्म डलवाने के बाद वह तुरन्त ही फोट
खींचने निकल पड़े थे।
अमृत स्टूडियो
प्राकृतिक दृश्यों और पशु-पक्षियों की फोटो खींचूंगा।
पहली तस्वीर उन्होंने एक गधे की बनाई।
स्माइल प्लीज!
क्लिक
फिर एक पार्क में पहुंचे-
चीं... चीं...
क्लिक
कुछ आगे बढ़े तो-
ओह! यह युवती बहुत सुंदर है।
ही... ही... ही! उसे पता भी नहीं चलेगा कि मैंने उसकी फोटो खींची है।

धाड़
जान से मार दूंगा साले, मेरी पत्नी की फोटो क्यों खींची?
ओय... छोड़ दे... मैं हवलदार हूं।
ई...ई... ई!
मार-मार कर थोबड़ा बिगाड़ दूंगा साले। शरीफ महिलाओं के फोटो खींचता है और खुद को हवलदार बताता है।
अबे मैं जो हूं, वही तो बता रिया हूं।
फिर उन्होंने उस युवक को अपना परिचय-पत्र दिखाकर और तस्वीर खींचने का कारण बताकर अपनी जान छुड़ाई।
अगर गलती मेरी न होती तो साले को हवालात में बंद करके सड़ा डालता।
तीन-चार घण्टे में ही उन्होंने बहुत-सी तस्वीरें खींच डाली थीं।
कैमरे में एक ही फोटो शेष है। वह अपनी बनवाऊंगा।

तभी-
ओह ...! कितनी सुन्दर लड़की है।
लड़की की ओर देखते हुए उन्हें आगे का ख्याल ही न रहा।
धाड़
उफ!
ओह! यह क्या हो गया?
तभी-
ओय... अबे ओय...! अपनी कार के साथ मेरी मोपेड क्यों घसीट रिया है?
कुछ दूर जाने के बाद-
मैंने उसे टक्कर मारी थी, अब पता नहीं क्या होगा?
ओह, यह तो बहुत तवाड़ा है।

ऐ...!
म...म... मारना मत।
लेकिन उस व्यक्ति ने जैसे उसकी बात ही नहीं सुनी थी।
खट
ओय! मोपेड टूट जाएगी।
इसकी मरम्मत करा लेना।
यह लो।
ओय! टक्कर तो मैंने मारी थी और नुकसान यह भर रहा है।
यह शरीफ आदमी है। इसका एक फोटो उतार लेता हूं।
सुनिए भाई साहब!
क्या है?

क्लिक
ए, फोटो क्यों उतारी ?
ही... ही... ही !
आप शरीफ आदमी हैं, इसलिए उतारी है। ही-ही-ही !
लेकिन।
तभी –
पीं...पीं...पींsss
पुलिस जीप को आते देख –
DESIGN POINT
बड़ा ही शरीफ आदमी था। कितने सारे रुपये दे गया है।
रास्ते में एक फोटोग्राफर की दुकान दिखाई दी तो –
FINE STUDIO
फिल्म यहीं धुलने दे देता हूं।

उसी शाम—
ही... ही... ही! बहुत मजाकिया नाटक है! ही... ही... ही!
तभी—
ओय!
कहां गया?
तभी—
भड़ाम
ओय! ऐ की होया?
आंय! यह टी. वी. कैसे फट गया?

धमाके की आवाज सुनकर मोहल्ले वाले जमा हो गये।
दरवाजा खोलो।
ठक ठक
यह धमाका कैसा था?
क्या हुआ भाई?
क्या बात है, दरवाजा क्यों पीट रहे थे?
यह धमाका कैसा था हवलदार जी?
ही... ही... ही...! मेरा टी.वी. फटा था।
इतनी जोरदार आवाज से?
हें... हें... हें...! हमारा टी.वी. है भाई, जोर से तो फटेगा ही।
मैं तो समझा था बम फटा है।
मैंने तो यहां आने से पहले पुलिस को भी फोन कर दिया था।
अबे, बावला है क्या? मैं तो खुद पुलिस हूं।

भी–
पीं5555
कहां फटा है बम?
बम नहीं जी, मेरा टी.वी. फटा था।
अरे! तुम तो हवलदार बहादुर हो।
हांजी, आपको बेकार ही कष्ट उठाना पड़ा। यहां कोई बम-वम नहीं फटा है।
फिर भी हम उस फटने वाले टी.वी. को एक नजर देखना चाहेंगे।
हवलदार उन्हें भीतर ले आए।
लीजिए, देख लीजिए, यह फटा था जी।
टी. वी. का निरीक्षण करते हुए सब-इंस्पेक्टर चौंक पड़ा।
ओह नो!
क्या हुआ जी?

अभी बताता हूं।
कुछ क्षण खिड़की का निरीक्षण करने के बाद–
हवलदार, तुम्हारा टी.वी. फटा नहीं है, फोड़ा गया है।
क्या कह रहे हो जी, किसने फोड़ा मेरा टी.वी.?
इस गोली ने यह स्क्रीन पर लगी और तुम्हारा टी.वी. फट गया।
मगर टी.वी. के सामने तो मैं बैठा हुआ था।
फिर वह गोली तुम पर चलाई गई होगी, जो तुम्हें न लगाकर टी.वी. में जा लगी।
मुझ पर कौन गोली चलाएगा, मेर तो कोई दुश्मन भी नहीं है?
पुलिस वालों के बहुत से दुश्मन होते हैं। तुम हमारे साथ हैडक्वार्टर चलो, वहीं बात होगी।
च... चलिए।
कुछ देर बाद हैडक्वार्टर में–
मुझे नहीं पता सर गोली किसने चलाई? मेरा तो कोई दुश्मन भी नहीं है।
हुम्म!

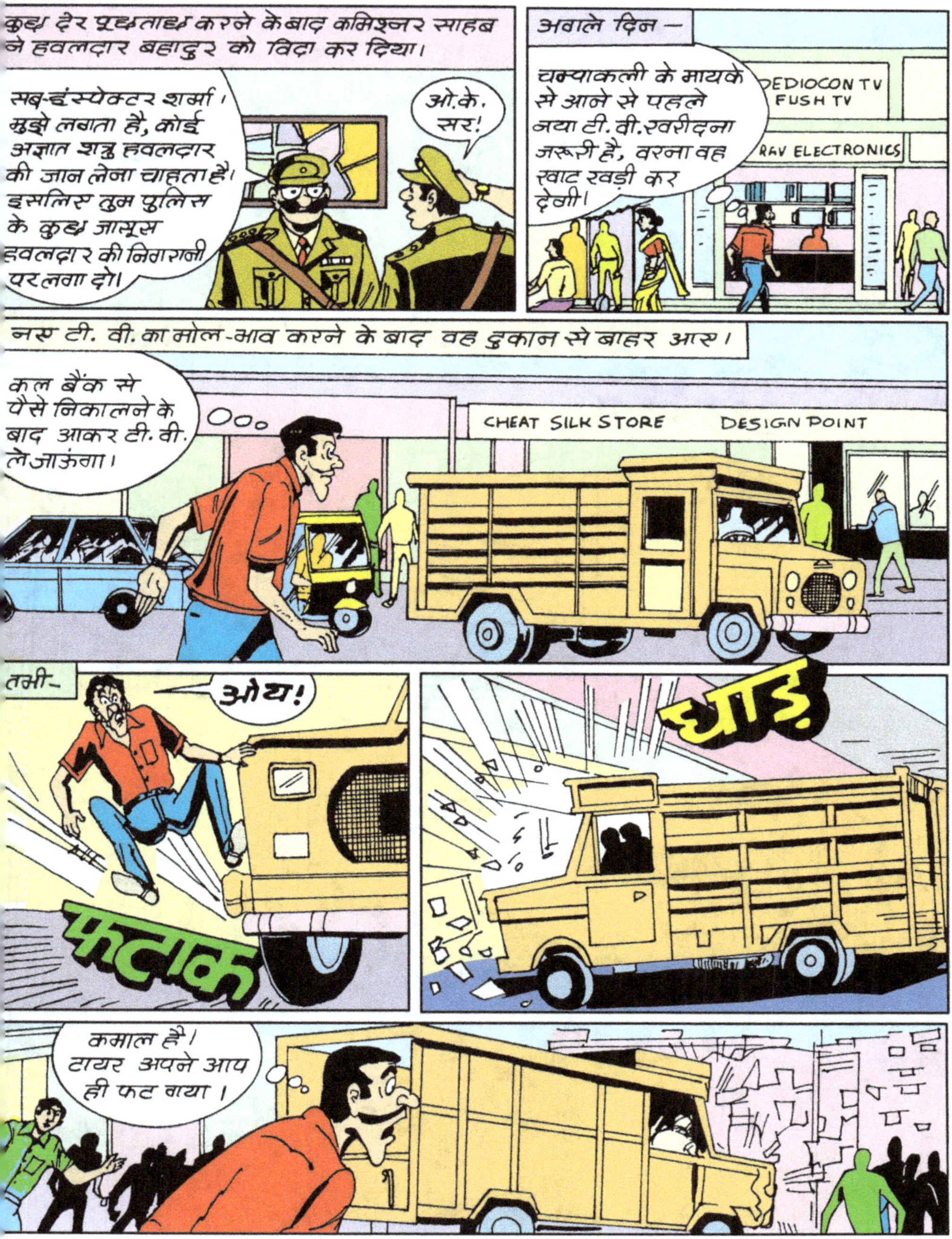

कुछ देर पूछताछ करने के बाद कमिश्नर साहब ने हवलदार बहादुर को विदा कर दिया।
सब-इंस्पेक्टर शर्मा। मुझे लगता है, कोई अज्ञात शत्रु हवलदार की जान लेना चाहता है। इसलिए तुम पुलिस के कुछ जासूस हवलदार की निगरानी पर लगा दो।
ओ.के. सर!
अगले दिन –
चम्पाकली के मायके से आने से पहले नया टी.वी.खरीदना जरूरी है, वरना वह खाट खड़ी कर देगी।
DEDIOCON TV
FUSH TV
RAV ELECTRONICS
नए टी. वी. का मोल-भाव करने के बाद वह दुकान से बाहर आए।
कल बैंक से पैसे निकालने के बाद आकर टी. वी. ले जाऊंगा।
CHEAT SILK STORE
DESIGN POINT
तभी–
ओय!
फटाक
धाड़
कमाल है। टायर अपने आप ही फट गया।

तभी—
चाड़!
अबे ओय...।
अंधा है क्या, टक्कर क्यों मारी?
चुपचाप लेटे रहो।
अबे हट!
धांय
आई...ई...ई!
लेट जाओ मूर्ख!
य... यह गोली किसने चलाई थी?
तुम्हारे दुश्मन ने।
तभी—
पीं... ऽऽऽ

अब उठो...।
अबे, हले तो गिरा दिया, अब उठा रहे हो।
क्या हो रहा है यहां?
यह आदमी मुझसे कुश्ती लड़ रहा था सर।
आई एम इंसपेक्टर रावत फ्रॉम सी. आई. डी. ांच। पुलिस कमिश्नर के कहने से हवलदार की निगरानी कर रहा था। अभी-अभी इन पर दो बार गोली चलाई गई। अगर मैं न होता तो...।
ओह!
यों झूठ बोल रिया है भाई? सिर्फ एक गोली ही तो चली थी।
दो गोलियां चली थीं। पहली गोली गुजरते हुए ट्रक के टायर में लगी थी। अगर मैं तुम्हें गिरा न देता तो दूसरी गोली तुम्हारी खोपड़ी में लगती।
यह सब क्या चक्कर है हवलदार? कौन है, जो तुम्हारी हत्या करना चाहता है?
मैंने किसी की भैंस चुराई है, जो कोई मेरा दुश्मन बनेगा। गोली मुझ पर नहीं चलाई गई थी।

हवलदार, तुम स्थिति की गम्भीरता को नहीं समझ रहे हो।
मैं सब समझ रहा हूं सर। आप लोग मेरी छुट्टियां खराब करने के चक्कर में हैं, लेकिन मैं आपके झांसे में आने वाला नहीं हूं।
उधर हवलदार बहादुर के घर के निकट स्थित एक फोटो ग्राफर की दुकान में—
LALU PHOTO STUDO
शटर गिरा दे।
BINDU FILMS
ऐ, यह क्या कर रहे हो?
फोटो खींचेंगे तेरा।
फ...फ...फोटो... मगर यह तो पिस्तौल है?
तो क्या हुआ? तू कैमरे से शूट करता है, हम पिस्तौल से करेंगे।
मैं बाल-बच्चेदार आदमी हूं जी। मुझे मत मारो।
चुप...!
इसे काउंटर पर मुर्गा बना दे।
चल बे, बन जा मुर्गा।

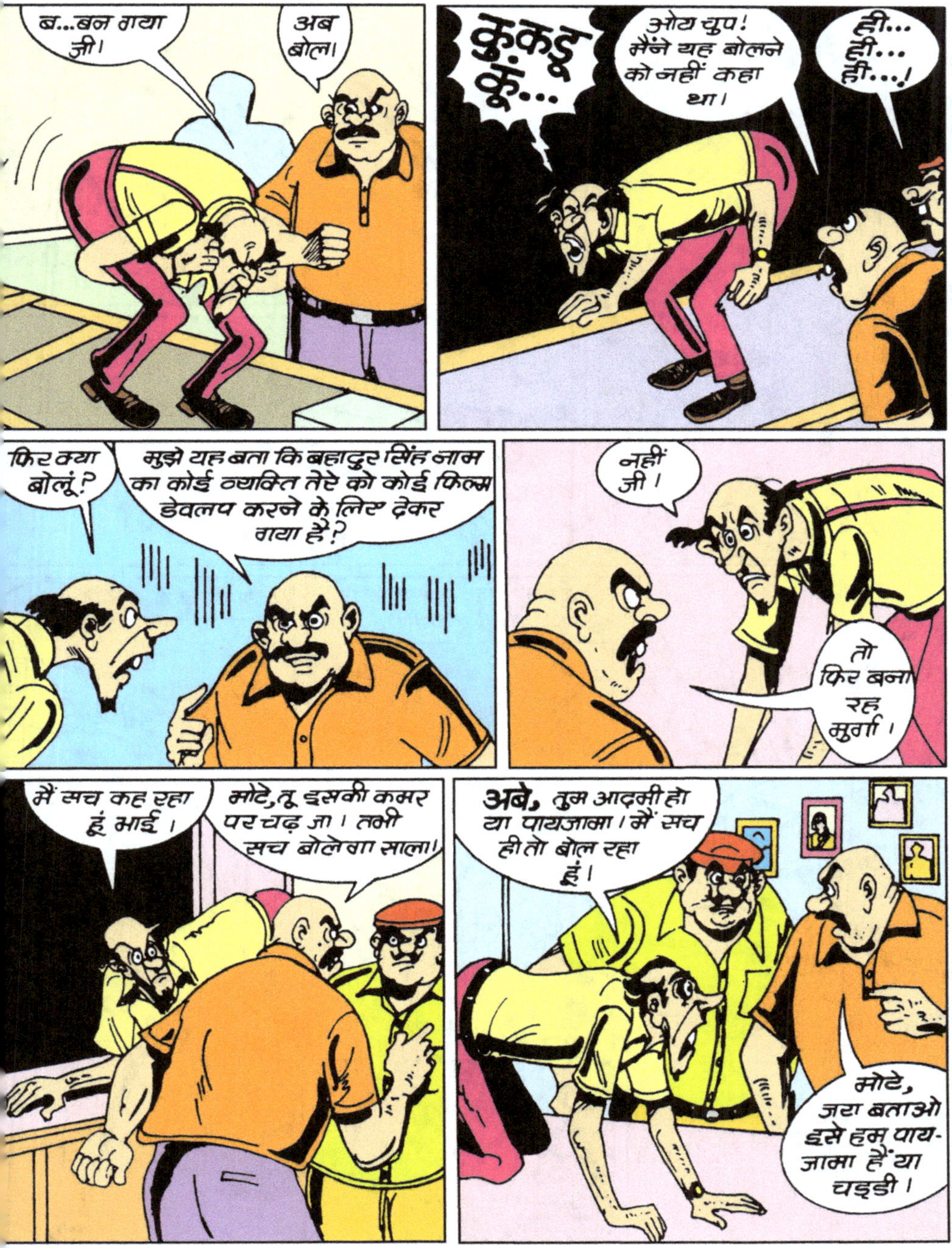
ब...बन गया जी।
अब बोल।
कुकड़ू कूं...
ओए चुप! मैंने यह बोलने को नहीं कहा था।
ही... ही... ही...!
फिर क्या बोलूं?
मुझे यह बता कि बहादुर सिंह नाम का कोई व्यक्ति तेरे को कोई फिल्म डेवलप करने के लिए देकर गया है?
नहीं जी।
तो फिर बना रह मुर्गा।
मैं सच कह रहा हूं भाई।
मोटे, तू इसकी कमर पर चढ़ जा। तभी सच बोलेगा साला।
अबे, तुम आदमी हो या पायजामा। मैं सच ही तो बोल रहा हूं।
मोटे, जरा बताओ इसे हम पायजामा हैं या चड्डी।

तड़ाक
आई...ई...ई!
हवाई जहाज बना दूंगा साले।
नहींsss
जूं...sss
धाड़
फिर दोनों मिलकर उसकी धुकाई करने लगे।
धाड़
कुछ देर बाद —
अब बोल।
आई...ई...ई

अबे यमदूतो, इतनी मार खाकर भी कोई झूठ बोलेगा? मैं अपने बच्चों की सौगन्ध खाकर कहता हूं कि कोई बहादुर सिंह मुझे फिल्म देकर नहीं गया। बु...हु... हु...हु...!
लगता है,यह सच बोल रहा है।
तो फिर चलो यहां से।
आह!
उधर खड़गसिंह से जान छुड़ाकर हवलदार जब अपने घर पहुंचे।
आंय! मैं तो ताला लगाकर गया था।
अबे कौन है अंदर? हवलदार बहादुर के घर में घुसने की हिम्मत किसने की?
ओय, ये की हो गया?
मेरा कैमरा!

कमरे की हालत और टूटा हुआ कैमरा देखकर हवलदार की खोपड़ी में बल्ब जल उठा।
ओह! कहीं यह सारी उठा-पटक उस आदमी के कारण तो नहीं हो रही, जिसकी गाड़ी से मैंने अपनी फटफटी भिड़ा दी थी और बाद में उसका फोटो भी खींच लिया था?
तभी—
उई... ई... ई!
धड़
हैण्ड्सअप।
इसे भी मुर्गा बनाऊं उस्ताद।
अबे, कौन हो तुम? और यह तमंचा लेकर मेरी अलमारी में क्यों घुसे हुए थे?
पहले हाथ ऊपर उठा ले, फिर बताएंगे।
अबे ओय, मेरा नाम हवलदार बहादुर है। हवालात में बंद करके सड़ा दूंगा सालो।
चुप, वरना खोपड़ी उड़ा दूंगा। हाथ ऊपर उठा।
अरे बाप रे! लो उठा लिए हाथ।
अब बता, फिल्म कहां है?

ठीक समझा था मैं, फिल्म का ही मामला है।
ही... ही... ही!
ओय, मैंने हंसने को नहीं कहा।
मैं तो तेरी मूर्खता पर हंस रिया हूं गंजे। तुम गलती से मेरे घर को सिनेमा हाउस समझ बैठे हो। मगर यहां कोई फिल्म-विल्म नहीं चलती। ही-ही-ही!
तेरी हंसी तो मैं अभी बंद करता हूं।
ओय मोटे, बना दे इसे कुक्कड़ और चढ़ जा इसकी पीठ पर
हुणी लो जी।
ओय, मुझसे परे ही रहियो।
तेरी तो...।
ठाक
आह!
जल्दी बता, कैमरे की फिल्म कहां है?
त... तमंचा परे कर ले, गोली चल जायेगी।
पहले फिल्म का पता बता।
चालाकी से काम लेना होगा।

फिल्म रसोई में रखी है जी।
रसोई में? मजाक कर रिया है क्या?
क्या कह रहे हो उस्ताद। तमंचे के सामने मजाक। मेरे साथ-चलो, अभी फिल्म देता हूं।
ठीक है। मोटू, तू यहीं रुक। मैं इसे रसोई में ले जाता हूं।
रसोई में पहुंच कर –
कहां है फिल्म?
इस डिब्बे में है।
ला, मुझे दे।
डिब्बे में लाल मिर्च का पाउडर था।
यह ले।
ऊई...ई...ई!
मोटे

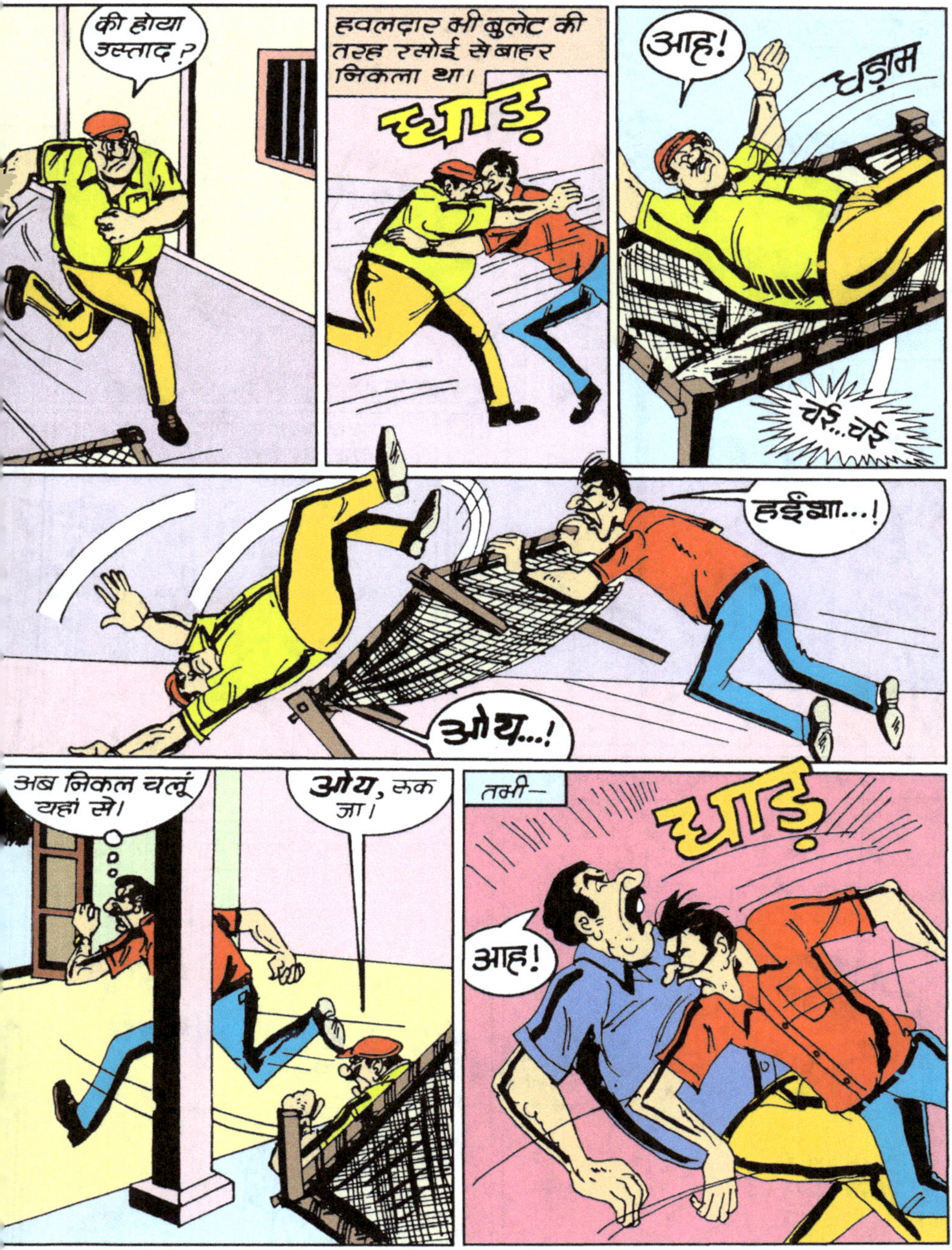
की होया उस्ताद?
हवलदार भी बुलेट की तरह रसोई से बाहर निकला था।
धाड़
आह!
धड़ाम
चर्र...चर्र
हईंय्या...!
ओय...!
अब निकल चलूं यहां से।
ओय, रुक जा।
तभी–
धाड़
आह!

अरे! इंस्पेक्टर साहब आप...?
हां। मगर तुम इस तरह कहां दौड़े जा रहे हो?
म... मेरे घर में दो बदमाश घुसे हुए हैं। उन्हें पकड़िए।
बदमाश!
अभी देखता हूं।
यह देखता रहेगा, मैं चलकर वह फिल्म देखता हूं।
आंय, यह कहां जा रहा है? मुझे इसका पीछा करना चाहिए
वह सीधे फोटोग्राफर की दुकान पर पहुंचे थे।
ओ भाई, मेरी फिल्म धुल गई क्या?
हां जी। प्रिंट तैयार हो गये हैं।
तस्वीरों का लिफाफा लेकर वह दुकान से बाहर निकले।
अरे! हवलदार बहादुर तुम?
अजीत, अच्छा हुआ तु मिल गया।

अजीत एक अखबार का फोटोग्राफर था और हवलदार बहादुर का अच्छा मित्र था।
क्या बात है, तू कुछ घबराया हुआ है?
हां। यहां से चल, कहीं बैठकर बात करेंगे।
अजीत उसे अपने फ्लैट पर ले आया, जहां हवलदार ने उसे सारी घटनाएं सुनाईं।
जरा दिखा तो वह तस्वीरें?
लो!
एक तस्वीर देखकर अजीत चौंका।
अरे! क्या यही है वह आदमी?
हां, यही है वह मुसीबत।
अबे यह तो क्राइम किंग कल्लन कालिया है। मगर यह तो पुलिस से बचकर भागते हुए नदी में गिरकर मर गया था।
अब मैं समझा।
क्या?
यही कि कल्लन कालिया मरा नहीं था। पुलिस को धोखे में रखने के लिए गायब हो गया था। और जब अण्डरग्राउण्ड होने जा रहा था तो मैं उससे जा टकराया और उसकी तस्वीर खींच ली।
हां, यही मामला है। अब तू क्या करेगा?
मैं जाकर कमिश्नर साहब को बताता हूं। वही कल्लन कालिया से निपटेंगे।

हवलदार बहादुर जैसे ही अजीत के मकान से बाहर निकला।
ओय!
अबे, छोड़ो मुझे। हवालात में बंद करके सड़ा दूंगा सालो।
अजीत ने फ्लेट की खिड़की से यह दृश्य देखा।
ओह! हवलदार का अपहरण हो गया है। गाड़ी का नम्बर है D.I.P. 1714
झूंऽऽऽ
कल्लन कालिया एक फ्लेट में बेचैनी से टहल रहा था।
अगर उस हवलदार के बच्चे को जल्दी ठिकाने न लगाया गया तो मेरा राज खुल जाएगा।
तभी—
धाड़
उई... ई... ई!
कौन है यह?
अबे, हम हवलदार बहादुर हैं।

ओह! तुम...? हा... हा...हा...! आखिर फंस ही गये न?
हवालात में बंद करके सड़ा दूंगा साले। मजाक उड़ाता है मेरा।
ऊई...ई... ई...!
तू मुझे जानता है?
नहीं कल्लन कालिया उस्ताद। म... मैं आपको बिल्कुल नहीं जानता। ही...ही... ही!
कामेडी करता है साले। तूने जान-बूझकर मेरी तस्वीर उतारी थी।
नहीं जी, मैंने तो आपको शरीफ आदमी समझा था।
चुप! कहां है वह तस्वीर?
म... मेरे पास नहीं है।
खाल खींचकर भूसा भरवा दूंगा हवलदार की दुम। जल्दी बता कहां है तस्वीर?

लेकिन तुमने मुझे ढूंढ़ा कैसे?
मैं क्राइम किंग हूं साले। मेरी खोपड़ी में बहुत अक्ल है। जब तूने मेरी फोटो खींची थी तो मैंने तेरी फटफटी का नम्बर याद कर लिया था और फिर उसी नम्बर से तेरा पता निकाल लिया। अब बता, कहां है वह तस्वीर?
तभी–
हैण्ड्स अप!
कमिश्नर साहब!
पुलिस!
हाथ उठा लो कल्लन, वरना गोली मार दूंगा।
अ... आप यहां कैसे पहुंच गये?
जिस तरह फटफटी का नम्बर देखकर तुमने हवलदार का पता निकाल लिया था, उसी तरह तुम्हारे आदमियों की गाड़ी का नम्बर जानकर हमने तुम्हारा पता निकाल लिया।
सुन लिया बे कल्लन कालिया। इसे कहते हैं दहले पर नहला ही-ही-ही!
दहले पर नहला नहीं, नहले पर दहला कहते हैं मूर्ख।
हवलदार को मूर्ख न कहो इंस्पेक्टर। इसके कारण ही क्राइम किंग कल्लन कालिया हमारे हाथ आया है।
ही-ही-ही! क्यों शर्मिन्दा करते हैं जी। यह तो बस ऐसे ही हो गया। ही-ही-ही!
इस उल्लू के पट्ठे का भाग्य भी खूब है।
जैसे भी हुआ हो, लेकिन इसका श्रेय तुम्हीं को जाता है हवलदार।
समाप्त

# मनोज कॉमिक्स

## में पढ़िए

# हवलदार बहादुर

## के गुदगुदाते कॉमिक्स

हवलदार बहादुर से मिलकर आप बुक्का फाड़े बिना न रह सकेंगे।

अपने कारनामों से पाठकों का दिल जीतने में माहिर हैं हवलदार बहादुर! ☺

आपके प्रिय हवलदार बहादुर हमेशा आपका भरपूर मनोरंजन करते हैं।

किस्मत के धनी हवलदार बहादुर के उल्टे कारनामे भी हो जाते हैं सीधे! ☺

100% हास्य व्यंग्य से भरपूर हवलदार बहादुर के कॉमिक्स आपकी तनाव भरी जिन्दगी में भी आपको खिलखिलाने पर मजबूर कर देते हैं।

तो देर किस बात की..., आज ही खरीदें हवलदार बहादुर के कॉमिक्स और इनकी कारस्तानियों को पढकर हंसते-हंसते लोट-पोट हो जाएं।

www.ingramcontent.com/pod-product-compliance
Lightning Source LLC
LaVergne TN
LVHW051012051026
849532LV00005B/1918
* 9 7 8 9 3 9 1 4 6 0 1 9 8 *